어른일기

어른 일기

초판 1쇄 인쇄 2020년 1월 23일
초판 1쇄 발행 2020년 1월 30일

지은이 박종현

발행인 장상진
발행처 (주)경향비피
등록번호 제2012-000228호
등록일자 2012년 7월 2일

주소 서울시 영등포구 양평동 2가 37-1번지 동아프라임밸리 507-508호
전화 1644-5613 | **팩스** 02) 304-5613

ⓒ 박종현

ISBN 978-89-6952-375-4 03810

- 값은 표지에 있습니다.
- 파본은 구입하신 서점에서 바꿔드립니다.

어른일기

박종현 에세이

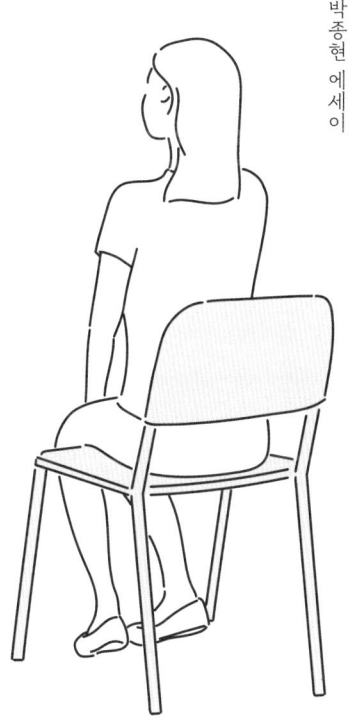

경향BP

시작의 말

잘 지내셨는지요.
『밤 걷는 길』을 펴낸 이후로 2년 만이네요.
무슨 말부터 해야 할지 몰라
몇 번을 쓰고 지우니 금방 새벽입니다.

저는 잘 살고 있습니다.
잘 산다는 말이 좋은 일만 가득했단 말은 아닙니다만
여전하다는 말 정도는 되겠습니다.

이번 책은 어른이 쓰는 일기 컨셉의 시와 에세이집입니다.
생각해보니 어른이 되고선 일기를 쓰지 않았더군요.
그래서 한번 써봤습니다.
제 일기와 남들의 일기를 엿본 듯한 느낌으로요.

실패와 성공, 사랑과 이별, 좌절과 극복 등의 주제로 담백하게 썼습니다.
아마 이 중에 당신의 일기도 있겠죠.

어른이 되고선 쓰지 않은 일기를,
당신이 받지 못한 편지 같은 일기라 느끼실 것이라 생각합니다.

그럼, 함께 펼쳐 보실까요.

프롤로그

오늘의 당신을 위로합니다.
그럴 듯한 말과 글이 아닌, 당신이 쓸 법한 일기로.

누가 볼까 싶어 떨며 쓰는 일기가 아닌,
당신이 썼을 일기로.

차례

시작의 말 · 04 프롤로그 · 05

1부. 진찰

어른 · 012 외침 · 014 진찰 · 015 방황 · 019 오래된 슬픔 · 020
괜찮아 · 021 오는 중 · 023 편지 · 024 당신만 · 029
tempo · 030

2부. 재회

순응 · 034 녹슨 인연 · 036 거래처 · 037 말이 없다 · 042
죗값 · 043 원망 · 044 지난 일 · 045 재회 · 046
나쁜 사람 · 054 용서 · 055

3부. 천천히

힘들다 · 058 봉사 · 059 천천히 · 061 실패 · 066
나의 청춘 · 067 응원 · 068
꿈 · 069 보상 · 070 성공 · 074 미래에 · 075

4부. 결혼

첫 만남 · 078 하루 더 · 080 핸들 · 082 너를 · 086 꽃 · 088
맞는 것 · 089 결혼 · 091 엄마 · 093 흔한 것 · 099 기도 · 101

5부. 만나자

당신만은 · 104 혼돈 · 105 내일 또 봐요 · 106 그러기를 · 110
사람 · 111 만나자 · 113 오늘은 · 114 고백 · 115 무엇 · 119
환상 · 120

6부. 내게로

마음이 · 124 그 모습도 · 125 우리 · 126 마음대로 · 129
나에게 · 130 너는 · 131 필요한 것 · 133 물음 · 134
내게로 · 136 감아 · 137

7부. 퍼즐

소중했던 것들 · 140 거울 · 141 퍼즐 · 143 막차 · 147
마지막 · 148 눈 속 · 149 말 · 150 나도 · 151 잘 들어 · 153
그럴 인연 · 154

8부. 안녕

안녕 · 158　근황 · 159　이별한 날에 · 160　마지막으로 · 166
보고 싶다는 말 · 167　몰랐다면 · 168　처음으로 · 170
떠날 거예요 · 171　난 간다 · 176　속마음 · 178

9부. 힘드네요

사랑 · 182　힘드네요 · 183　못 · 184　반복 · 187
참고 살아 · 188　바람 · 189　상실 · 191　이별학개론 · 192
선 · 195　제목 · 196

10부. 그냥

그냥 · 200　밤새도록 · 201　안부 · 202　때 · 206　당신이 · 207
가을 · 208　독백 · 210　잘 가요 · 211　사랑은 · 214
풋사랑 · 215

11부. 하루들이

나아간다 · 218　그것만으로도 · 219　형 · 220　자세 · 225
오늘도 · 226　착한 사람 · 228　천사 · 230　언니 · 232
그러지 마세요 · 236　하루들이 · 237

12부. 가만히 누워

짐작 · 240 인생 · 241 가만히 누워 · 242 어쩌면 · 246
그래야만 하는 것들 · 247 운명 · 248 인연 · 249
떠나는 날 · 250 별 · 253

13부. 나에게

어려워 · 256 모르겠어 · 257 죽고 싶어 · 258
모른 척해줘요 · 262 뭔지 · 263 핑계 · 265
견뎌내기 때문에 · 266 나에게 · 267 시간 · 270 준비 · 271

14부. 어떤 날

술맛 · 274 터널 · 275 부탁해요 · 276 생명 없는 것 · 279
사는 건 · 280 굳이 · 282 울어 · 284 싹 · 285
어떤 날 · 290 결말 · 291

맺는말 · 292

1부

진찰

어른

힘들다고 솔직히 말하는 것이
주위를 피곤케 한다는 사실을
깨닫게 된 시점부터
나는 입을 닫기 시작했고

괜찮은 척 살며
팔자타령으로 고통을
덮어버리게 된 순간부터

남의 아픔을
신경 쓰지 않게 되었다.

사람들은 그제야
내가 어른답다고 했다.

이따위 게
어른이라니.

외
침

나는
잘 살고
있습니까.

돌아올
대답 같은 건
없을 걸 잘 알지만

이렇게 허공에라도
외쳐 물어보아야만

마음에 깃든 불안감이
잔잔해질 것 같아서요.

진찰

60억 분의 1로 태어나
5천만 분의 1로 자랐음에도

결국 애쓰게 된 건
남들과 비슷해지는 일이었고요.

조금 더 애쓰게 된 것이라면
남들의 주머니보다 내 주머니가
좀 더 두둑해지는 것이었고요.

내가 사랑하던 사람은
번번이 내가 이룰 수 없는 수준의 삶을 사는 사람을 만나
부러운 사랑해가니, 딱히 도전하지는 않았고요.
그러니 이건 성공이나 실패라곤 볼 수 없겠고요.

씩씩하게 우르르 건배를 하던 친구들도
몇 놈은 죽고요, 몇 놈은 다른 나라에 살고요.

남은 놈 중에 몇 놈들은 같은 세상이지만 다른 세상에
살고요.

그러다
엇비슷한 형편의 녀석들만 남으니
이건 뭐라 표현할 길이 없고요.

그래도 고만고만한 직장에
대충대충 겉은 멀쩡하고
그냥저냥 큰 고비 없이 살았으니

"그만하면 되었지."라는 부모님의 작은 칭찬과
"그 정도면 괜찮네."라는 동년배들의 인심 쓴 평가에
'그런가 보다, 그런가?' 하며 대충 만족하고 살아요.
네. 그다지 괜찮지도 부서지지도 않은 삶이요.
그러다 요즘,
뭔가 기분이 더럽고 께름칙해요.

유별나게 체한 듯 답답하고 울렁거려요.
계속 멍하고 가끔 정신이 들어요.

마음이 허하고, 머리도 터엉 비는데
소음에도 둔해지고, 사람들에겐 무관심한데
별 도리가 없어요. 자꾸 고요해지고 그래요.

그래서 말인데요, 선생님.
저, 혹시나 말인데요.

저 잘못 살고 있는 건가요.

방
황

좌절감에
마음의 눈이 멀어

눈앞의 행복도
만나게 될 행운도
모두 놓쳐가며

긴 시간
헤매는 것.

오래된 슬픔

오래 사라지지 않은
몇 가지 슬픔이 있어서

자주 초점 없이
시선을 버리기도 하고

즐거운 대화 틈에서
머리가 하얗게 되기도 해.

막막한 밤은
다시 어김없이 왔고

약속한 듯
오늘도 꼭 울겠지.

괜찮아

네가 잘 살고 있는 건 아니지만
못 살고 있는 것도 아냐.

네가 부자는 아니지만
가난하지도 않아.

삶과 사람에 다쳤지만
죽진 않았어.

그러니까 괜찮아.
괜찮지 않지만 괜찮아.

뭐라도 해볼 수 있잖아
아직 너에겐 네가 남았잖아.

괜찮을 이유 충분하잖아.

오는 중

힘들어도 돼요.
그래도 됩니다.

불행하세요.
그래도 됩니다.

얼마든지
울고 좌절하고 실패해도 됩니다.
마음대로 괴로워도 됩니다.

그러거나 말거나
당신의 행복은
오는 중이니까요.

언제 그랬냐는 듯
웃게 될 테니까요.

편
지

'저 잘못 살고 있는 건가요.'

환자의 말이 머릿속에서 계속 울린다.
어떤 대답이라도 해줬어야 했는데, 그냥 미소만 지었다.
순간 마음이 멎어서.

"가벼운 우울증이니 괜찮습니다." 했어야 하나 아님,
"잘 살고 계시니 걱정 마세요."라고 했어야 하나.
환자를 앞에 두고 의사로서 좋은 답변을 해주지 못했다.
못난 사람.
어른으로서도 현명한 답변을 내어주지 못했다.
바보 같은 사람.

후-

지천명(知天命). 오십. 주어진 소명(召命)을 알 나이.
허나 나는 아직 제대로 아는 것이 없다.

남들이 부러워하는 '사'자 붙은 직업을 좋은 핑계 삼아
삶, 사랑, 친구, 가족, 세상. 죄다 울리고 외면하며
살았으니까.

스스로 차안대(遮眼帶)를 찬 경주마. 주위를 살피고
돌보지 않았다.
달리기만 했던, 오로지 돈과 명예만 좇아 뛴 일상들.
제대로 맛본 것 하나 있을 리 없지. 단맛도 쓴맛도.

그 환자보다 내가 더 어린 게 아닐까.
지나간 청춘이 부끄럽다.

편지. 편지를 써야겠다. 나름의 고해를 전하고 싶다.
나처럼 껍데기인 어른으로 살지 말라 말해주고 싶다.

지금도 잘 살고 있지만, 앞으로도 잘 살 것이라
말해주고 싶다.

그런 고민을 하는 사람이면, 제대로 살고 있는 사람이라며 펜 끝에 힘을 주어 응원을 전하고 싶다.
스스로의 답을 찾을 수 있도록.

청년에게

청년은 지극히 정상입니다.
느리지만 분명히 행복해질 사람입니다.
그 고민과 걱정이 훗날 본인의 행복이 될 테니까요.

저는 제대로 살지 못했지만, 청년은 제대로 살고 있습니다.
그러니 걱정 말고, 어른답게 살지도 말고, 누구답게도
살지 마세요.
쫓기듯 살지 말고 당신답게 사세요.

천천히 또박또박 진심을 담았다.
그 질문에 제대로 답변하지 못한 이유와

그에게 해주고 싶은 말과 조언을 잔뜩 썼다.

탁.

펜을 내려놓으니 후련하다.
정신없이 써졌다. 신기하게도, 내가 듣고픈 말이었던가.
죽 읽어보니 눈가가 촉촉해지다 이내 맑아진다.
희고 구김 없는 봉투에 담았다. 청년과 닮은.

다음 진찰 때 전해야지. 따뜻한 기도를 담아서.
젊은 날의 나에게 전하듯,
바통을 넘기듯.

당신만

당신이 거리를 거닐 때엔
꽃도 뽐내기를 잊은 채 고개를 숙이고요.

겨울도 시린 호흡을 멈추고
봄 닮은 눈빛으로 당신을 내리쬐고요.

검은 밤은
어찌 빛나는 별이
하늘 아닌 땅 위에 있느냐며
잠시 아래를 굽어봐요.

그런데 왜 당신은 그렇게
지치고 슬픈 행색일까요.

당신만 몰라서겠죠.

당신이 아름답고 소중하나는 것을.

tempo

아무것도 모를 땐, 라르고(Largo).
묵직하고 꾸준히. 찬찬히 살피며.

시작할 땐, 아다지오(Adagio).
침착하고 느리게. 조용히 부드럽게.

나아가며 배울 땐, 모데라토(Moderato).
뒤처지지 않을 만큼. 여러 번에 걸쳐 평범하게.

꿈과 사랑을 펼칠 땐, 비바체(Vivace).
열정적으로 경험하고 쏟길. 낭비할 시간은 없으므로.

삶이 저물어갈 땐, 그라베(Grave).
장중하고 엄숙하게. 돌아보며 되새기도록.

생을 마감할 땐, 다시 라르고(Largo).
처음을 회상하며. 다음을 기약하며.

다시 처음의 빠르기로, 아템포(A tempo).
점점 줄어드는 호흡으로. 내가 태어나기 이전으로.

2부

재회

순응

나이기 위한 투쟁과 방황은
젊을 때 충분히 해보았으니

이제 한풀 꺾어서
누구들의 무엇으로서
사는 것이 편하다.

그것이 억울하거나 씁쓸하진 않다만
그래도 미약한 아쉬움이 남는 것은

꿈보다 작은 능력 때문에
이루지 못한 것들이

아직도 속 깊은 곳에서
가끔 흐느끼기 때문이겠지.

녹슨 인연

녹슨 인연의 고리라도,
희미하고 좁은 교집합이라도
억지로 구걸하듯 걸고 겹쳐두어야
겨우 살아남는 하루.

거
래
처

/

아, 예예. 좀 더 잘 대접해드려야 했는데, 별 말씀을요.
근데 댁이 어디세요? 제가 택시 잡아드릴게요.
어디요? 아, 정말요? 아, 그 동네에 제 친구 사는데.

네에? 제 친구 놈이랑 동창이시라고요? 어디어디, 중학교?
와아, 정말요? 자주 보신다구요? 저도 자주 보죠!
이야- 이것도 정말 인연이네요. 세상 참.

반말이요? 그럴까? 하하. 야- 잘 부탁한다!
이왕 이렇게 된 거 친구 어때! 하하.
오- 화통해, 화통해. 악수는 무슨 친구끼리. 크크크.

세상 참 좁다. 아이고 고맙긴, 내가 고마워해야지.
그럼 그 계약 건은 어떻게 좀 좋게 생각해도 되겠냐?
내가 어떻게든 조건 다 맞출게. 두둑하게 다른 것도 좀
챙겨줄까?

아, 응. 공과 사라고. 에이 뭐, 그래그래! 공과 사는 구분해야지! 어른인데.
어, 어, 아니야 괜찮아. 아유 정말 괜찮다니까. 신경 쓰지 마. 하하!

아, 그 동네 포차? 나도 알지. 사거리 거기! 알지 알아.
구이 기막히게 하잖아.
그래 거기서 한잔 꺾으면 되겠다. 커플도 좋지!
언제 볼까 그럼?

다음 주 주말?
아, 다음 주는 내가 어려울 것 같아. 어쩌지.
그럼 다음다음 주? 아 네가 시간이 안 된다고.
아유 바쁘면 다들 그렇지 뭐. 야, 그때만 날이냐!

그럼, 나중에 시간 맞춰보자. 꼭 봐야지. 에이, 당연한 거 아니야.

번호가 010에……. 오케이. 저장했어. 그래그래.
얼른 들어가. 연락할게 내가.
타, 타. 나는 다음 택시 잡으면 되니까.
얼른 가아. 아유. 미안하긴 뭐가 미안해. 공과 사! 몰라?
하하하.
들어가. 응, 그래. 꼭 보자!

선생님, 천안이요. 잔돈은 킵하시고!
잘 부탁드립니다. 귀하신 분이에요! 선생님 인상 좋으시네.
안전운전해주시겠다. 어휴 마음이 놓이네.
친구야! 연락해, 연락. 꼭! 그래그래.
부웅-.

…….

먹고 살 계약이야 둘째라 쳐도,
정말 내가 만나지도, 네가 만나주지도 않겠지.

일적으로도 사정 봐주기 싫을 테고
어느 쪽도 인연이라 생각하진 않으니까.

그래도 살려고 엉거주춤 뭐라도 걸쳐놓는 편이
나로선 마음이 편하니까. 뭐라도 기대해볼 수 있으니까.
그래야만 사니까.

말이 없다

늦은 밤 강둑에 앉아
왜 내가 이 꼴로 사느냐 물으니

별도 말이 없고
달도 말이 없고
선선한 바람도 말이 없고
깔고 앉은 잔디도 말이 없고
흐르는 강과 구름도 말이 없는데

속에서 확 터진 울분이 말하더라.
네가 잘 알고 있지 않느냐며.

알고 있으면서도
인정하지 않은 것 아니냐며.

비참하기 싫어
여태껏 잊은 척 산 것 아니냐며.

죗값

/

알게 모르게 준 상처들이
꼼꼼히 되돌아오기 때문일까.

지난날 낭비한 시간들이
짐이 되어 매달리기 때문일까.

용서받고 싶지만
용서할 사람은 사라지고

만회하고 싶지만
시간은 되돌아가는 법 없기에

나와 남들에게
저지른 죗값을

오늘의 괴로움으로
치르고 있는 걸까.

원
망

인생을 낭비하는
가장 쉬운 방법은
누군가를 원망하는 것이다.

지
난
일

지난 일에 얽매이면
그것이 오늘의 일이 된다.

특히 괴롭고
슬픈 일들은.

재회

어떻게 모를 수가 있어. 어떻게.
명함에 내 이름 석 자가 떡하니 박혀 있잖아.
네 친구가 나와 같은 학교라고도 말해줬잖아.
진짜 기억이 안 난 건지. 아님 안 나는 척한 건지.
굽신대느라 얼굴도 제대로 못 본 건지.

내 삼 년간의 중학교 하굣길을 지옥길로 만든 너잖아.
매일 그 길에서 날 기다렸잖아. 도망치면 꼭 붙잡아서
돈도 뺏고 멱살도 잡았잖아. 다 잊어버린 거야?
나는 아직도 선명한데.
나는 아직도 그때를 떠올리면 괴로운데, 너는 어째서
어떻게 잊고 잘 살았던 거야.
상처받은 사람은 몰라도 상처 준 사람은 쉽게
잊는다더니, 그 말이 맞구나. 나쁜 자식!

"저, 손님. 어디 편찮으신가요? 창문 좀 열어 드릴까요?"
"아, 아닙니다. 괜찮습니다."

기사님의 부름에 정신이 확 들었다. 조수석에 머리를 처박고 있었구나.
백미러로 멋쩍게 사과를 한다. 괜찮다며 웃어보이신다.
이유도 묻지 않으시네. 이런 손님이 자주 있던 걸까.

"저어, 기사님."
"네."

"기사님은 상처받아 보신 적 있으세요?"
"음, 그럼요. 많죠."
"그렇군요."

덤덤하시다. 이상한 놈이라 생각하시진 않을까 했는데, 눈치를 보니 그렇진 않은 듯하다.
몇 마디 더 꺼내놓고 싶다. 답답한 속을 좀 풀고 싶다.

한마디 꺼내놓고 보니, 속이 좀 풀리는 느낌이다.

"저 택시 태워준 놈이 말이죠."

소싯적 이야기를 풀었다.
놈이 준 공포와 상처, 트라우마.
그걸 극복하기까지의 시간, 그 때문에 이 악물었던 성공 전까지의 실패들.
그리고 오늘의 재회와 녀석이 나를 못 알아본 순간을.

"그랬군요. 오늘 정말 놀라셨겠어요."
"그렇죠. 세상 참."

오래 살고 볼 일이지. 이렇게 빨리 복수할 시간이 올 줄은. 이전과는 반대로 내가 놈의 멱살을 쥐고 흔들어댈 줄은.

"그래서 어떻게 하실 참이에요?"

"글쎄요. 막상 이렇게 되니 머리가 복잡하네요. 바라던 상황인데."

생각이 여러 번 변한다. 계약 조건은 손댈 곳 없이 훌륭하지만, 동그라미를 칠 수 없다. 내키지 않는다. 엑스라고 표시하면 치명타도 날릴 수 있다. 재기 따윈 할 수 없을 것이다. 꿈꾸던 복수를 완성할 수 있다.

"저, 손님."
"네."

"주제넘지만 제가 한 말씀 드려도 될까요?"
"아, 네네."

차는 벌써 목적지에 도착했다. 잠시 생각을 다듬으시는 걸까.
기사님은 라디오 볼륨을 줄이고 허리를 곧게 펴셨다.

"제가 손님이나 손님의 상처에 대해선 잘 모릅니다. 아직 세상 사는 법을 다 알지도 못하구요. 다만 이런 상황을 겪어가며 알게 된 분명한 사실 하나는 있습니다."

"그게 뭔가요?"

"누구에게나 용서라는 게 필요하다는 사실이요."

"용서라."

"네. 용서요. 우리 중 누구도 잘못하지 않고 사는 이 없으니까요."

"……."

" 네. 그러니까 용서하세요. 용기를 내서. 그럼 상처는 곧 아물 겁니다. 그 청년도 진심으로 미안해할 테고요."

"그럴까요?"

"네. 둘 다 확실히 그럴 겁니다. 용서는 그런 힘이 있거든요."

"네. 고맙습니다."

부웅-

기사님이 떠나는 택시를 바라본다. 기사님이 놓고 가신 화두를 주워든다.

'용서라, 용기 있는 용서라.'

상처를 치유하는 용서의 힘이라. 정말 그렇게 될까. 정말 그 사거리 포차에서 만나볼까.

친구 녀석도 불러서 속풀이 해볼까. 당연히 술값은 녀석이 내야지.
밑져야 본전일 텐데, 한번 해볼까.

이런 생각을 하니, 아까 냈던 화가 잠들어 있다.
신기하게.

후우- 하.

간만에 느끼는 새벽바람이 선선하다.
기분이 잔잔해진다. 내일 한 번 통화해볼까.

받은 명함을 꺼내 본다.
손가락으로 퉁 튕겨본다.
녀석이 환하게 웃고 있다.

나쁜
사람

나쁜 사람은 없어.
나쁜 과거가 있었을 뿐이야.

그러니 이제 그만
놓아버려.

용서

용서하세요.
우린 모두 누군가에게
잘못하며 살고 있으니까.

용서하고
용서받으며 살 수 있게
용기를 내주세요.

당신만이
할 수 있는 일이에요.

3부

천천히

힘
들
다

힘들다.

힘들다는 말이 물건이었음 머릿속에서, 마음속에서
입 밖으로 나다니느라 가루가 되었겠지.

힘들다.

힘들다는 말을 내뱉는 것조차 힘이 들어 포기할 만큼
힘들어서 조용히 속으로 삭일 만큼.

봉사

세상도 창조하시고
모든 걸 다 보고 계시다는 분이

왜 제 아픔과 고통 앞에선
봉사가 되시는 건가요.

대답 좀 해주세요.
저는 언제쯤.
도대체 언제쯤.

천
천
히

/

유치원은 빼고
초중고 각각 3년씩에, 대학교 몇 년, 취준생으로 산 지
몇 년, 하루들에 쫓겨 오늘만 보고 산지 이십 몇 년.
좌절과 경쟁의 이십 몇 년.
여전히 등에 박혀 있는 책가방, 한 손엔 도시락,
주머니엔 천 원짜리 지폐 몇 개,
가슴에는 패배자라는 낙인 큰 거 하나. 온몸에 매달린
주위의 걱정과 기대.
나는 꿈 잃은 낭인(浪人)처럼 살고 있었다.

도서관. 혹은 독서실.
취직하면 어디 쓸 곳도 없는 상식과 지식들을 머리에
쑤셔 넣는 매일.
세계경제가 내 월급과 무슨 상관이야. 그건 나보다
뛰어난 자들의 몫인데.
상식이 왜 필요해. 장학퀴즈에 나갈 일도 없는데.
면접이나 시험에 필요한 쓰레기들. 이젠 뭘 하는지도

모르겠다.

잠시 쉬러 나간 야외의 휴게실.
비슷한 처지의 사람들과 어색한 눈빛을 교환한다.
다들 차례로 이백 원씩을 넣고 커피를 뽑는다.
백해무익한 담배를 입에 문다. 갑자기 떠오르는 엄마의 잔소리.

"돈도 없는 놈이 돈 써가며 건강까지 잡아먹네. 에휴."

웃기지 않은 말인데, 피식 웃었다. 그럴 수밖에.

손에 든 종이컵이 뜨겁다. 혀가 텁텁해지는 싸구려 커피.
커피색이랍시고 누렇게 색을 띤 커피.
허연 김도 모락모락 나지만, 찌꺼기에 가까운.

나와 닮았다.

겉은 사람이지만 사람 구실 못하는 사람.
사람들이 말하는 사람의 범주에 들지 못한 사람.

창밖으로 해가 진다.
책 속에 파묻혀 읽고, 좀 쓰고, 좀 졸고 나니 해가 진다.
칸칸이 갇힌 청춘들이 일어나기 시작한다.
옆 사람이 눈을 흘긴다. 코를 골았나. 미안합니다.

밖으로 나와 휴대폰을 켠다.
내 낯빛이 밝아지는 건 이때뿐이다.
휴대폰의 불빛이 내 얼굴을 밝힐 때.

메시지 한 통 없는 메신저를 연다.
잘 나가는 친구들과 선배들의 프로필과 사진을 훑는다.

명품, 여행지, 애인.
가지고 싶지만 가질 수 없는 것이 가득이구나.

집으로 가는 도로 위,
페인트로 큼지막이 적힌 '천천히'라는 문구.
그게 괜히 성질이 나서 빠르게 지나친다.

지금도 너무 늦었다고.
너무 늦어버려서
진짜 늦어버렸다고, 젠장.

나는 언제,
도대체 언제쯤.

실
패

열심히 살았다거나 최대한 노력했다는 말들은
대부분 실패 앞에서 무기력했다.

이해받거나 위로받지도 못했고,
이해하거나 위로하지도 못한다.

쓸쓸하고,
외롭다.

나의 청춘

덤덤히 메마르는 마음으로
상처받다 막힌 눈물샘으로
날카로운 사람들의 잣대로
무채색 도시에 꼿꼿이 고립된

시들어가는,
부서져가는

나의 청춘.

응원

당장 돈이 없어도 너에겐
청춘이 있어.

억만금을 주고도 못 살
건강도 있어.

이 두 가지로 너는
무엇이든 살 수 있고
무엇이든 될 수 있어.

그러니 너로서 꾸준히
꿈꾸던 삶을 살길.

꿈

꿈이란 건
과정부터 힘겹고
이룰 확률도 매우 낮아.

그러나 생각해야 해.

그 정도는 되어야
꿈이라 불릴 수 있고

그 정도는 되어야
스스로의 인생을
걸어볼 만한 거니까.

보상

돌이켜보면 힘겨운 날들이었다.
매 순간이 고비였고 한계였다. 매일 지고 또 지고 있었다. 마음이 시들어 몸도 쇠약해졌다. 아프다는 핑계로 오 분, 십 분씩 늦게 일어나는 일이 잦았다. 그리 강했던 의지와 다짐은 흐트러진 채.

늘 배가 고팠다. 가만히 앉아 머리만 썼는데 왜 늘 허덕였을까. 주말이면 고기 냄새가 솔솔 나는 가게들을 지나쳐 허름한 포장마차에 앉아 우동을 들이켰다. 그게 나름의 특식이었다. 매일 먹던 그 잡스러운 컵밥 같은 게 아니니까.

통장 잔고는 바닥일 것이 뻔해 한 번도 확인하지 않았다. 그 바닥이 내가 처한 현실인 것만 같아서. 그냥 긁다가 "카드가 안 되는데요." 하는 소리를 들을 때까지 외면했다. 그렇게 외면하면 그냥저냥 당장의 비참함은 덜 수 있었으니.

자격지심. 그 덕에 얻은 깊은 우울증과 자기비하. 시커 먼 좌절 속으로 계속 떨어졌다. 악몽은 며칠이고 나를 따라다녔다. 사람들을 피해 살았다. 카톡도 지우고 번호도 바꿨다. 집중을 핑계로 한 단절. 사람들의 관심이 고팠지만 두려웠다. 그래서 우연히 길 위로 아는 사람이 보이면 도망치듯 피했다. 잘 지내냔 질문을 들으면 그냥 울어버릴 것만 같아서.

사랑은 두말 할 것 없이 사치였다. 처음엔 지극정성이더니 다 갖춘 사람을 만나 떠나버렸다. 그 후로 얼마나 정신이 나갔었는지 모르겠다. 그 원망으로 자칫하면 사랑 자체를 부정하며 살 뻔 했지만, 지금은 미안하기만 하다. 이리 초라한 나를 네게 강요하다니, 몹쓸 놈.

엄마, 아빠. 힘이 들어 무심코 걸었던 집으로의 전화가 정말 큰 위안이 되었다. 재촉하지 않고 묵묵히 응원을 해주셨으니까. 명절에도 굳이 내려올 필요 없다며 친척들의 안부와 갈라놓으셨다. 정말 마지막까지 남는 건, 그리고 가장 소중한 건 가족이구나, 가족. 머리와 가슴 깊이 새겨진다. 항상 사랑하고 언제나 죄송했다.
책과 고민에 잠겨있던 독서실 책상.
여기서 목만 내놓고 겨우 숨을 쉬었었지. 지금 앉아보니 기분이 색다르다. 가장 잘 보이는 정면엔 흔하디흔한 '할 수 있다'라는 문구. 그 옆에 필기구를 따라가면 가족들의 웃는 사진 한 장. 그 위엔 D-0이 큼지막이 적힌 달력. 가득 쌓인 A4용지와 노트, 문제집.

문득 복잡한 이유가 뒤섞인 눈물이 흐른다. 책상 위를 깨끗이 정리하고 책들을 가방에 넣는다. 평소와 같이 나갈 준비를 한다. 스탠드의 불을 끈다.
그리고 책상 정중앙에 구기지 않은 하얀 합격증을 올린다. 합격했다. 나는 모든 상처를 보상받았다.

성
공

그간 겪은
모든 고통의 양을 재어
행복으로 맞바꾼 뒤

흘린 눈물과 걱정의 값을
이자로 매겨

평생을 두고
천천히 음미하는 것.

미
래
에

지친 어느 날
노력이 내게 말하길

미래에 잠시 다녀왔다며
내가 참 번듯하게 성공했더라고,

오늘 잠시 더딘 것을
괴로워하지 말라고,

그리 말하더라고.

4부

사회참여

첫
만
남

안녕하세요. 이름이 뭐예요.
너무 예뻐서서요. 저 이상한 사람 아니고요,
그냥 지나가다가 말 걸고 싶었어요.
막, 빛이 번쩍번쩍 하는 게
무슨 기적이라도 일어난 줄 알았다니까요.

어어, 웃네요?
웃었으니까 연락처라도 좀 주세요.
안 된다고요? 그럼 웃긴 값이라도 주세요.
아뇨, 돈 필요 없고 커피나 한잔 사주세요.

아 답답해. 첫눈에 반했어요.
초면에 이런 말 실례지만 그냥 딱 본 순간에
'평생 사랑할 수 있겠다.' 이런 직감이 딱! 들었다니까요.

속는 셈 치고 우리 커피나 한잔해요.
제가 살게요! 저 돈 많아요. 만 원이나 있어요.

십 분만, 딱 십 분만. 네?

진짜요? 앗싸!
제가 안내할게요. 얼마 안 멀어요.
역시 내 눈은 틀리지 않았다니까요.
우리 운명일 거예요. 정말요.

운명일 거예요.
당신과 나.

우리.

하
루
더

시간은 참 많이 흘렀고
이마엔 뭐가 많이 늘었고

참아야 할 일과
해야 할 일은 많아졌고

할 수 있는 일과
남은 날들이 조금씩 줄어든다.

그래도 기쁘다.
의미 없는 인생이 아니어서.

집 문을 열면
사랑으로 엮인
선물 같은 행복이 잔뜩이라서.

가족들을 위해

하루 더 힘을 낸다.
하루 더.

핸들

핸들을 잡고 있다. 아직 핸들을 잡고 있다.
앞으로 나아갈 수 있다.
멈출 수 없다. 내가 멈추면 가족들도 멈추게 되니까.
아직 나아가야 한다.

아직 운전할 수 있다. 낡은 나라도 가족을 태울 수 있다.
원하는 곳으로 갈 수 있다.
데려다주고 싶다. 가족이 원하는 곳까지 데려다주고
싶다. 내가 부서질지언정.

평생 고생만 한 아내에게 사랑한다고 말할 면목 없는,
더 많은 것을 주지 못한 자식들에게 미안하다 말할
자격 없는
이런 못난 사람에게 남편과 아비 대접을 해 주는 가족들.
힘이 되고 싶다. 짐이 아니라.

그래서 참는다. 참고 웃는다.

취객들이 운전석 너머로 욕설과 침을 뱉어도
꽉 막힌 도로에서 빨리 가자며 소릴 질러도
참고 웃는다. 죄가 없지만 사과한다. 지키고 싶은 게
있으니까.

해가 진다. 달이 뜬다.
그럴 땐 나도 별별 생각을 하늘에 띄운다.
입 밖으로 꺼내진 않는다. 그럼 아쉬움이나 후회가 되니까.
미련은 없다. 생각만 있다. 그냥 그렇다.

색색의 네온사인을 지난다. 청춘들이 비틀대는 거리.
나 또한 화려했음을 추억한다. 그들처럼 비틀댔음도
기억한다.

강 너머로 달린다. 뻥 뚫린 대교를. 순식간이다. 세월처럼.
미터기는 나이처럼 착착 오른다. 눈 깜짝할 새에,
내 나이처럼.

마지막 손님을 태운다. 젊은 시절의 나를 겹친다.
손님이 꺼낸 이야기를 안주 삼아 시간을 기울인다.
감사의 인사를 나눈다.

집으로 간다. 여전히 핸들을 잡고 있다.
행복을 잡고 있다. 작지만 분명한 행복.

이제 집으로 간다.
가족이 보고 싶다.

너를

너를 사랑해.
너를 정말 사랑해.

밤 열두 시 이후의 네 우울과 후회,
그거 사랑해.

밝은 얼굴 뒤 숨긴 스트레스와 짜증,
누구도 이해 못할 네 삶의 방식과
그 방식을 비난하는 사람들에게서 받은
상처들까지. 그거 죄다 사랑해.

네가 잘 모르는 매력,
죽어가던 사랑의 감정,
취하고 잊고 싶던 추억,
지금의 너를 만든 모든 것
필터링 하나 없이 사랑해.

보이는 모습부터
보이지 않는 모습까지 사랑해.

월담하듯 네 마음의 벽 넘어
그거 다 주워 하나하나 보듬어줄 거야.
섬기듯 모시며 몰래 위로할 거야.

사랑하니까, 내가.
그런 대접받을 자격 충분하지, 너는.

사랑해 너를. 너를 정말 사랑해.
네가 나를 사랑하는 것보다 더욱더.

꽃

피고 지더라도
피었던 모습을 보던 눈 그대로
당신을 바라볼 거야. 오래도록.

맞는
것

맞는 것에만 기뻐하기보다
맞춰가는 모든 것에 기뻐하기를.

결혼

-오빠와 결혼한다면 좋은 아내가 될 거야.
내조도 잘하고 행복하게 해줄 거야.
아이도 잘 키우는 좋은 엄마가 될 거야.
그럼 오빠도 행복하겠지?

그럴 필요 없어.

-왜?

내가 너와 결혼하는 이유는
서로가 사랑해서 곁에 두고 싶은 마음 때문이야.
굳이 무엇이나 누군가가 되지 않아도 좋아.

그러니 너로서 행복할 수 있도록 돕겠다는 게,
남편으로서 가지는 내 각오야.
반평생 네가 아닌 모습으로 살았으니까,
이제부터라도 너를 되찾을 수 있도록.

엄마도 아내도 됐어. 앞서 말한 이유와 같아.

부디 너로서 살며 행복하렴. 그게 내 행복이니까.

엄마

"일어나야지! 학교 안 갈 거야?"
"왜 이렇게 늦게 깨웠어! 에이."
"엄마! 내 양말 어딨어?"

"여보~ 나 왔어. 엄마한테 아이씨가 뭐야. 요놈이!"
"빨리빨리. 당신은 얼른 들어오고, 너넨 얼른 출발하고."

아침이면 전쟁이에요. 오빠는 열심히 일하다 이때가 되어야 들어오고, 애들은 나가고. 나가는 길에 애들 입이 거칠어지니 오빠가 현관을 막고 꿀밤을 줘요. 애들은 머리를 감싸며 오빠를 노려보고. 정신은 없는데 너무 재밌어요. 귀엽잖아요, 다들.

"잘 다녀와~"
"다녀오겠습니다!"

쾅!

문을 닫고 나면 그제야 좀 조용해요. 오빠가 씻기 시작하면 애들이 먹다 남은 반찬에 찌개를 올려요. 내가 사랑하는 남자이자 남편. 애들 아빠이자 우리 오빠가 아침 먹어야 할 시간이니까.

"와. 아침까지 계속 비가 오네. 당신도 같이 먹자. 차리느라 수고했어."
"그래요. 당신 머리 덜 말랐다. 여기."

우린 벌써 반백 살도 넘은 중년이에요. 오십 년 째 가장 친한 친구고, 연인이죠. 다른 부부들은 정으로 산다느니, 죽이니 살리니 하는데 우린 여전히 연애하듯 사랑해요. 당연히 주위의 질투와 의심을 사죠. 쇼윈도 부부 행세하지 말라고. 부럽다는 말이겠죠? 하하.

"오늘 일은 어땠어요?"
"음~ 그냥저냥 괜찮았어. 이것도 좀 먹어 봐."

오빠는 택시 일을 해요. 일이 잘 되는 날이든 안 되는 날이든 그냥저냥 괜찮았다고 해요. 제가 신경 쓰고 불안해할까 봐 그런 거겠죠. 혼자만 짐을 지게 한 건 아닌가 싶어 항상 미안해요.

"설거지는 내가 할게. 내가 설거지 장인이잖아."
"그럼 내가 커피 끓일게요."

피곤할 텐데 설거지를 한다고 고집을 부려요. 집안일 하나 도와주지 못해 미안하다면서. 정말 좋은 남자예요, 책임감 있고. 작년에 회사에서 해고될 때에도 제일 마지막에 나왔대요. 동료분 말로는 책상이 화장실로 옮겨갈 때까지 버텼다는데, 어떻게든 해보려 했을 거예요. 얼마나 마음이 상했을까요. 그런데도 티 하나 안 내고. 고맙고 미안해요.

"음~ 당신 커피가게 해도 되겠어. 맛있네."

"이거 믹스커핀데. 그렇게 칭찬하면 우습잖아요."
"뭐든 무슨 상관이야. 조미료 넣었어? 왜 이렇게 맛있어?"
"어유 이 주책. 어디 가서 굶진 않겠네!"

연애할 때도 이런 농담이나 애정표현을 잘했어요. 뭐라고 했더라, 좋은 엄마나 아내로 살지 말고 행복한 여자로 살라고. 물론, 지금은 그런 소리 안 하지만 섭섭하지 않아요. 나를 이 집의 여왕처럼 생각해주니까, 더 좋은 거 아니겠어요? 무거운 거 들겠다고 손만 대도 달려오는데. 오빠는 나와의 약속을 지켰어요.

"내일이 어머님 기일이지?"
"네. 내일 동생도 올 거예요."
"처제 집에도 한 번 갈 때 됐는데. 내일 제사 지내고 휴무 때 한 번 가자."

"그래요. 당신 또 혼자 뭐 엄청 사들고 오면 혼나요. 우리 애들부터 먹일 생각."
"알았어. 우리 불쌍한 처제, 형부가 맛있는 것도 못 사주고."
"그만하고 얼른 자요, 얼른!"
"알았어요, 크큭."

엄마, 저 이렇게 잘 살아요. 행복하게. 엄마도 다 보셨겠죠? 다 보셨겠지만, 오늘은 일기 대신 편지를 쓰고 싶었어요. 내일이 엄마 간 날이니까.
저도 엄마처럼 엄마가 됐어요. 엄마가 지금 제 옆에 계시면 얼마나 좋아하실까요.
저야도 되게 잘했을 텐데.

지이잉

-엄마 나 학원 쉰대. 지금 갈 거야! 떡볶이 먹을래?

-엄마 형진이가 떡볶이 사간대. 나는 내 입을 가져갈게!

애들이 온다고 메시지가 오네요. 애들 저녁 차려줘야겠어요. 오빠도 깨워야 하고.
엄마, 나중에 우리 오빠랑 나랑 엄마한테 가면 칭찬 많이 해주고, 맛있는 것도 많이 해줘요.

쾅!

"엄마 나 왔어!"
"엄마 나도 왔어!"

"문 부서지겠다, 요 녀석들아!"

흔한
것

아무리 흔한 것이라도
당신이 해준다면
흔하지 않은 것.

기
도

가끔 불행해도 좋고 싸워도 좋으니
자주 행복해요, 지금처럼.

요샌 백세 시대라 하니
건강하게 백 살까지만 살아요.

내가 기도할게요.
그렇게 잘 살도록.

살면서 몇 번 안 한 기도니까
반가워서라도 들어주실 거예요.

내 간절함을.

5부

만나자

당
신
만
은

당신만은 꼭
추억이 되지 않길 빌어요.

지금도
앞으로도
여전히

사랑인 사람이길 빌어요.

혼돈

세상이 당신을 베껴가듯 자라요.
생각은 당신이 꽉 차 더 담을 수 없어요.

일상은 이미 당신이 침략한 지 오래고
나는 여기저기 끌려 다니며
노예처럼 당신을 앓아요.

근데 사람들이
그게 진짜 사랑이라 그랬어요.

어찌할 바 없는, 행복한 혼돈.

내일 또 봐요

과묵한 사람인 줄 알았어요. 당신 말고 나 말이에요.
남과 말을 섞는 것이 불편하고 어색했거든요.
두 명이 치는 탁구대에서 매번 공을 놓치는 사람이랄까.
그랬어요.

그런데 당신을 만나면 왜 말이 많아질까요.
말하지 않아도 될 상황에 어떻게든 한마디라도 더
하려 하고,
얘기를 나눌 건덕지가 있을 때에는 입이 아플 정도로.

대화 사이에서 당신 눈치를 보고,
당신이 짓는 표정을 그대로 따라 해요.
처음 언어를 배워가는 로봇처럼.

수다스러운 사람이었나 봐요, 나. 스스로 놀랄 정도예요.
과묵하게 살았던 건, 진짜 나를 보여줘도 될 사람이
없던 탓이었던가.

음, 생각해보니 그런 것 같아.

이런 나를 어떻다 말하지 않고 바라봐요. 그저 바라봐요.
그윽한 미소를 띤 채로. 고마워져요. 예뻐 보여요.

당신은 원래 그렇게 말이 없던 사람인가요.
소개해준 친구가 당신은 재잘대기 좋아하는
사람이라던데.

조만간 솔직해질 수 있겠죠 우리?
그때가 되면 저는 좋아한다고 말할래요.
이유는 모르겠어요. 그냥 그러고 싶어요.

오래 내가 수다스러울 수 있게
같은 말을 해줬으면 좋겠어요.

과묵한 당신이 입을 열었을 때

내 표정이 밝아졌으면 좋겠어요.

그럼 오늘도 잘 자요.
좋은 꿈 꾸고요,
내일 또 봐요.

그
러
기
를

결국은 끝날 사랑이라며
시작하지 않는 것보다

적어도 그날까지
사랑할 수 있음에

감사한 마음으로
첫발을 떼기를

열렬히 사랑하며
함께 걷고 또 걸어.

닿을 끝이 희미해지다
끝내 사라지기를.

사
람

당신에게만은
유일한 사람이고 싶어요.
어떤 의미로든.

가능하다면
없으면 힘든 사람이고 싶어요.
오래 곁을 채우도록.

만
나
자

단정하게 입은 날
너를 만나고 싶어.

흐트러진 네 하루를
정돈된 내 품으로
위로하고 싶어.

괜찮으면 만나자.
안 괜찮으면 더더욱 만나자.

시간은 차고 넘치니
서두르지 않아도 돼.

기다릴게.

오
늘
은

사랑이란 말을
하기 참 좋은 날에

사랑이란 말이
아깝지 않을 너라면

오늘은 말할 수
있을 것 같아.

고
백

눈이 부셔서 제대로 쳐다볼 수가 없었어.
사랑에 눈이 멀어버린단 표현은 이런 걸까.

오늘 나 어떠냐는 질문에 대답해줄 수가 없었어.
할 말을 잃어버렸단 표현이 이럴 때 쓰는 걸까.

예뻐. 너 예뻐.
말해주고 싶고, 실컷 쳐다보고 싶은데 못하겠어.
자꾸 수줍어지고, 설레고, 좋아 죽겠어서.

괜히 쳐다보다가 변태냐는 소리 들을까 봐.
말도 마구마구 하다가 예쁘단 소리가 튀어나올까 봐
뭘 못하겠어.
멍청이가 됐어. 봉사가 되고 벙어리가 됐어.

걱정돼. 혹시 이런 내 모습에
내가 관심 없는 것 같다는 생각을 할까 봐. 절대 아닌데.

그냥 너무 좋아서 그런 건데.
멀어지면 어쩌지.
그래서 용기를 내.
용기를 내서 최소한, 눈을 마주치는 잠깐의 순간에
그간 모아두었던 내 마음을 보내려고 해.

그 순간에 더 용기가 난다면
입에서 나오지 않고 맴돌던 그 말 하고 싶어.
사정없이 쿵쾅거리기만 하는 내 마음 보여주고 싶어.
있는 그대로 솔직하게 너를 좋아한다고 말하고 싶어.

오늘 헤어질 때 아쉬워하던 표정, 그거 봤거든.
그런 네 모습 보니까 나도 이젠 못 참겠더라고.

그러니까 우리, 내일 만나자.
시간 없으면 만들어서라도 꼭 만나자.

내가 바라던 그 말.
네가 바라던 그 말.
그거 해야겠어.

무엇

당신이 가진 무엇이 좋은 것 아니라
아무것도 아니라고 해도 좋을 당신이라
그저 사랑할 수밖에.

나에게는 선택의 여지가 없어.

환상

사랑 같은 건 환상이 아니냐고
너는 말했다.

그건 이뤄질 수 있는 환상이라
나는 말했다.

6부

내게로

마
음
이

마음이 네게 가 있는데
내가 어딜 가겠어.

걱정 마.

그
모
습
도

네가 좋을 땐 머물고
아플 때 떠나는 사람들,
나는 그들과 달라.

그러니 솔직하게
울고 떼를 써.

내겐 그 모습도
아주 사랑이니까.

우
리

둘이 있으면 참 다른 세상이야.
마주 누워 바라보는 막힌 천장에도 별이 있어.
휴양지의 해먹 위, 아니면 이름 모를 어느 섬.
그와 비슷해, 느낌이. 따뜻하고 밝다 이거야.

괴로움, 외로움 그런 거 언제 얘긴지
선명하게 아팠던 게 기억이 안 나.
남 얘기였던가, 먼 나라 동화였던가.
뭐 그런 느낌이야. 그렇지, 너도.

네 번째 손가락이 허전해 보여.
채워놓고 싶어. 작고 반짝이는 거.
오글거리는 세상 모든 말 다 모아
뻔한 고백과 함께 선물할까 싶다.
그렇게 생각하니 하루 힘든 것도
웃으며 보낼 수 있어.

좋아지자. 깊이 없이.
빠져나올 필요 없잖아.
숨 크게 쉬고

돌아오지 말자, 우리란 곳에서.
달라지지 말자, 우리란 것에서.

마음대로

마음대로 살아.
그게 네 꿈이잖아.

그렇게 살게 해주는 게
내 꿈이기도 하고.

나
에
게

네가 어떤 사람인지는 중요치 않아.
내게 어떤 사람인지가 중요하지.

너는

말하자면 너는
두 번 없을 행운이거나
세상에 없을 유일한 위안.

필
요
한
것

필요한 거 없어.

내가 필요한 건
네가 다 갖고 있는데 뭐.

물음

사연 많은 눈이었으나 나는 굳이 캐묻지 않았고,
오히려 그윽했던 것이 당신에겐 물음이 되었는지

긴 머리를 풀고선 턱을 괴고
같은 눈으로 나를 바라보기 시작하는데

들꽃이었나 뭐였나 그런 향기가 불어와.
그 핑계로 입을 묻는 데 쓰질 않고
가깝게 닿으려 서로에게 몸을 기울이니

'아, 묻지 않고 물을 수 있겠구나.' 싶더라.

내
게
로

살다가

힘들면

도망쳐.

내게로.

감
아

눈을 감아도
선명한 너라서
가끔 네가 보고 싶으면,
잠시 먼 곳이라 그리우면

눈을 감아.

7부

퍼즐

소중했던 것들

소중했던 것들이
상처가 되는 날은

꼭 온다.
늘 그랬다.

너처럼.

거울

어디서부터 잘못되었을까요, 우리는.

긴긴 시간 돌고 돌아 만났음에도
간절함만큼의 배려는 없고
서로의 입장만 내세우느라
긴긴 시간 서로를 겉돌기만 하네요.

섭섭한가요. 나도 그래요.
슬프나요. 나도 그래요.

이리도 거울같이 아픈데
서로의 상처가 더 크다며
내밀고, 또 내밀고, 찡그리고.

어디서부터 잘못되었고
어디까지 잘못될까요, 우리는.

이제 처음 같은 맑음, 또는 포근함.
그런 건 앞으로 영영 없을까요.

퍼즐

누가 매일 당신에게 수천 개의 퍼즐 조각을 던져주고,
그걸 맞추라고 한다 쳐요. 당신은 어떨까요.

제한시간 내에 완벽히 맞추지 못하면
사랑 없이 살 저주가 내려진다면, 당신은 어떨까요.

아마 세상 가장 슬픈 눈으로 더듬거리며
퍼즐 조각을 맞추려 애를 쓰지 않을까요.
째깍대는 초침 소리에 마음을 찢겨가며.

내 사랑아, 내가 그랬어요.
반평생 이상을 함께 산 부모님도 이해 못할 당신을
나는 이렇게 이해하려 애를 쓰고 있잖아요.
답도 없는 주관식 문제를 두고
손을 벌벌 떨면서도 뭐라도 쓰고 있잖아요.

저기요, 내 사랑아.

그러니 내 이해를 가벼이 여기지 마요.
수틀리면 비수를 꽂을 남들과는 달리,
나는 갈고 닦아 굳건해지려 노력한단 말이에요.
사랑이란 이름으로 다짐한단 말이에요.

그러니까 사랑아,
당신을 진심으로 이해하려는 나를 해치지 마요.
안 맞는다, 더 노력해라, 그런 말로 울리지 마요.

그렇게 혼내기보단
당신에게 맞추려 찢어진 내 손이나 한 번
따스히 잡아 주면 안 될까요.

그래준다면 나는요,
여태까지 차곡차곡 모은 이해로
사랑이란 큰 집을 지어 당신을 지킬 수 있을 거에요.

그러니까 내 사랑아,
당신도 이런 나를
한 번만 이해해주면 안 될까요.

막
차

다른 이에겐 관대하고
나에게만 유독 인색한 사람이었다.

사랑한단 말은 언제부턴가
껍데기만 전해져 왔고

상황은 핑계가 되어
나의 이해를 강요해 왔다.

그저 사랑 앞에서 당당하려
주머니와 청춘을 다 털어 우리에게 쏟았는데
돌아오는 건 혼자라는 막차라니.

혼자라는 막차라니.

마
지
막

같은 건 기뻐하고
다른 건 맞추자며

우리는 운명이라고 했잖아.

이젠 같은 건 지겹고
다른 건 포기하겠다니.

헤어질 운명의 우리라니.

눈
속

남자는 눈으로 말하고
속으로 울었고,

여자는 속으로 말하고
눈으로 울었고.

말

난 아무 말도 안 했지만 실은 많은 말을 온몸으로 하고 있었고, 너는 그중 하나도 제대로 듣질 못하여 결국 네 눈엔 그저 떼쓰고 발악하는 어린애처럼 보였을 뿐.

나
도

당신은 당신만 이해하고 있다고 여기겠지만,
그렇지 않아요.
나도 팔이 터질 만큼 당신을 안으려 노력하고 있었단
말이에요.

왜 당신만 아프고 나는 나쁘다 생각해요.
우리가 좋았던 때를 생각해봐요. 거기에 내 인내와
이해가 있었는데.

당신에게 이해를 강요하지 않았어요.
맞지 않는 부분을 당신이 발견하고 곱씹은 거잖아요.
시간이 지나면 자연스레 해결될 것을.

잘못도 없는 나를 왜 죄인으로 만들어요.
잘못도 없는 우리 사랑을 왜 단두대로 떠밀어요.

잘라낼 것처럼 독한 말도 가끔 하잖아요.

이해하다 이해하다 지친 것처럼 말하며 나를 울리잖아요.

나 또한 최선을 다했어요.
당신이 그걸 하찮게 여긴 것뿐이잖아요.

잘
들
어

/

잘 들어.

내가 바란 건 변화였어.
완벽이 아니라.

그걸 원했던 거야.
네 짜증이 아니라.

그럴 인연

잘 맞는 것도 맞아.
서로 달랐던 것도 맞고.

좋아하는 것도 맞아.
미워하는 것도 맞고.

행복했던 것도 맞아.
불행해진 것도 맞고.

사랑인 것도 맞아.
이별인 것도 맞고.

그냥 다 맞아.
틀린 건 없었어.
그럴 인연인 게 맞아.

8부

안녕

안
녕

안녕이란 말로
너는 없던 사람이 되었다.

근
황

어떻게 지내?
나는 괜찮은데
하나도 안 괜찮아.

무슨 말인지
너도 알지.

너도
그렇잖아.

이
별
한 날
에

"찼어, 차였어?"

"……, 찼어."

한잔 들이켜고 뱉은 말.
그 말에 친구들은 환호성을 질렀다.
살아 있네, 탕아(蕩兒)네, 뭐니 하며 나를 한껏 들어올렸다.
웃을 수밖에. 이건 좋아서 웃는 게 아냐.
허탈하고 이이없어서 웃는 거지.

너희들은 그게 중요하구나.
끝까지, 마지막까지 이 연애의 주도권이 누구에게 있었는지가 말이야.
누가 승자고 누가 패자이며, 누가 상처를 더 받고 덜 받았는지가 말이야.

미친놈들아, 우린 지금 둘 다 완패야.

간신히 서 있을 힘도 없어.
잔을 들이켜는 이 힘마저 고통을 잊으려 쥐어짜는 힘이란 말이야.
그 기분 알아? 알면 그런 질문은 못했겠지.
너넨 사랑을 몰라. 쥐뿔도 몰라.

축하주는 내가 산다며 들어 보이는 친구 놈의 카드가 빛난다.
나도 저런 게 있었으면 이별이 좀 천천히 다가오거나 아예 오지 않았을까.
한도가 없어 보일 저 프리패스. 못 사줬던 반지가 자꾸 아른거린다.
저번 크리스마스 때 쇼윈도 앞에서 함께 봤던 그것.

취한다. 빌어먹을 뭣도 없고, 돈도 없고,
능력도 없고, 너도 없는 놈이 남들처럼 취한다.
몸이 자꾸만 기운다. 취기로 울렁거리는 땅 위로 자꾸 너의 모습이 보인다.
그래서 더욱 그 위로 고꾸라지려 든다.

"야야, 여자는 돈으로 사는 거야!"
"2차는 형님이 쏜다! 가자 여자 사러!!"

어깨에 손을 올리는 친구 놈의 멱살을 들었다.
"이 자식이 취했나?" 하며 내 손을 뿌리친다.
기분 잡쳤니 어떻니 하며 다른 친구들을 끌고 떠난다.
궁상이나 한없이 떨라며 침을 퉤 뱉는다.

또, 또 혼자구나.
가로등에 등을 비비다 주저앉는다.
뭔가 텅 비어서 바람이 드나든다.
숨통은 꺽꺽대며 우는 나의 목을 조른다. 이별이여, 서럽구나.

지나치는 커플들의 소리가 역겹다.
빈 병을 던지며 고래고래 소릴 지른다.
남자가 욕설을 하며 다가온다.
여자가 말린다. 나는 주저앉은 채 피식 웃는다.
차라리 저 놈이 그대로 왔으면, 와서 죽여주었으면

전화를 꺼내든다.
익숙한 번호를 눌렀는데,
낯선 여자가 받는다.
지금 거신 번호는 없다고 한다.
거짓말 하지 마, 어제도 실컷 걸었단 말이야.
내가 아는 여자가 받고 말하고 울고 웃었단 말이야.
미안하다고도 했단 말이야.

후우

다리가 풀려 주저앉는다.

주저앉아 벌린 다리 사이로 네가 떠오른다. 화가 치민다.
주먹으로 땅을 갈가리 찢어본다. 아아야,
피만 잔뜩이고 너는 그대로다.
웃는다. 더럽게 잔인하네, 이거.

아- 인연이여, 젠장.
이딴 개 같은 걸 하려고 사랑을 한 건가.

혼자 한잔 더 해야지.
없는 너를 두고 한잔 더 해야겠다.

"비켜! 자식들아!"

오늘만 살 것처럼 행패를 부린다.
오늘 죽은 사람처럼 껍데기만 남은 채.

미련과 아쉬움과 추억을 질질 끌며 간다.

마지막으로

잘한 건 없어.
못해준 것만 많았지.

능력이 없었고
시간은 부족했고

소중한 줄 몰랐고
있음에 감사할 줄도 몰랐어.

그건 다 핑계겠지.
무언가 할 수 있었음에도
제대로 한 건 없으니.

그런 네게 마지막으로 해줄 수 있었던 건
이별 앞에서 아무것도 하지 않는 것뿐.

아무것도.

보고 싶다는 말

보고 싶다는 말은
그간의 그리움을 모두 합친 말이야.

돌릴 수 없는 날들에 대한
반성이기도 하고.

몰랐다면

가만히 나를 놓아두었다면
당신을 모르고 살았을 텐데.

당신을 몰랐다면
사랑도 몰랐을 텐데.

사랑이 태어나고 죽는 걸
지켜보지 않아도 되었을 텐데.

처음으로

처음으로 돌아가는 것뿐이야.
아프겠지만 곧 괜찮을 거야.
그러니까 울지 않을 거야.

떠날 거예요

왜 이렇게 바빠요.

바쁘다는 말도 나한테 안 할 만큼 바쁜 건가요.
일이 그렇게 중요한가요. 그럼 왜 나를 만났어요.
일이 그렇게 중요하면 일이랑 사귀었어야죠.
왜 나까지 힘들고 외롭게 만드는 거예요.

너무해요.

친구들은 계절마다 고르고 골라서
때마다 놀러 가는데, 우린 이게 뭐예요.
남들의 타임라인으로 대충 대리만족하는 거,
이제 지친단 말이에요. 서럽단 말이에요.
남들도 당신만큼 빠듯하고 바쁠 텐데, 왜 당신만. 왜.

말해봐요.

낏해야 우린 겨우 낸 시간에
영화 한 편, 커피 한잔, 밥 한 끼.
이게 뭐예요. 친구와도 이렇겐 안 놀아요.
무심해진 거죠? 그러니까 이렇게 느슨하잖아.

이만치 바쁠 거면 왜 보자고 했어요.
그게 당신의 최선이에요? 나는 당신이 우선이었는데.
당신은 항상 바쁘고 나빠요.

내가 당신의 사랑이라면서요.

근데 왜 내 앞에서 우리 아닌 다른 사람들 이야길 하며
즐거워해요.
근데 왜 나보다 휴대폰을 더 많이 보는데요.
근데 왜 내 얘기는 안 듣고 휴대폰 속 사람들과 얘기해요.

나 말고

다른 사람들과 취하고
다른 사람들과 웃고
다른 사람들과 놀러 가고
다른 사람들과 행복할 거면
그냥 그 사람들 만나요.
그런 게 아니라며 인상을 찌푸리네요.
그럼 뭔데요. 그냥 맘대로 살고 싶은 거잖아요. 내가
있든 없든.

나도 맘대로 할래요. 그건 안 된다고요?
그런 게 어디 있어요. 나는 원래 안 그랬던 사람이라서?
말도 안 돼요. 당신의 말은 억지예요.

왜요. 왜 그렇게 쳐다봐요.
불쾌한 눈빛이네요. 토라진 내가 이해가 안 돼요?
내가 잘못한 건가요? 이해요? 이걸 어떻게 이해해요.
입장 바꿔 생각해봐요.

그렇게 화를 내가며
나를 배려심 없는
나쁜 사람으로 몰아가지 말고요.

억지로 미안하다 하지 마요.
미안해하기 전에 미안할 짓을 안 해야죠.
나를 아끼지 않잖아요. 맨날 말만, 말만.

다음이란 말 그만 해요.
다음은 없어요. 오늘이 중요해요, 나는.
이 소중한 나를 홀대하다니. 나쁜 사람.

사랑하는 당신아,
당신이 내 사랑인 건 맞아요.
근데 이건 아닌 거 같아요.

떠날 거예요.

당신을 떠나 나를 소중히 여기는 사람 만나서
실컷 행복하게 인생을 즐길 거예요.

어차피 당신에게 나는
없어도 되는 사람이잖아.

제발 다음 사람과는
그따위로 사랑하지 마요.
무책임한 당신아.

난
간
다

네 마음대로 생각해. 나도 내 마음대로 생각할 테니까.
네 멋대로 살아. 나도 내 멋대로 살 테니까.

좁혀지지 않는 의견차라면 그대로 쭉 직진해. 부채꼴처럼 멀어지자구. 어차피 이리 될 사이라면 자연스러운 것도 좋지. 연락의 빈도를 줄이고, 느슨하다가 끊어지자구.

이제 와서 왜 그러냐니, 나는 네 거울이 된 것뿐인데. 미안하다는 말 하지 마. 그런 말 듣자고 이렇게 한 거 아니니까. 나는 내가 소중한 만큼 존중받아야 옳았어. 너는 그 최소한의 반도 하지 못했고. 응당 나는 나의 고귀함을 되찾아야 하지 않겠어? 그러려면 너를 멀리해야 함이 맞지. 잃어버린 나를 회복하기 위해서.

시끄러우니까 입 좀 닫아. 이게 원래의 나야.
네가 매일 꿈속에서야 만날 수 있는 사람이라고. 어디 같잖은 태도로 나를 대하는 거야. 네까짓 게 사랑 빼면 그냥 사람이지. 못생기고 마음도 시커먼 멍청이지. 주제도 모르고 어디서 까불어.

옛정을 생각해서 마지막 선물을 줄게.
네가 은근히 바라던 이별 말이야.
막상 주니까 손 벌벌 떠는 것 봐. 등신.

앞으로 만날 사람에겐 또 실수하지 마렴.
나는 내 할 일 다 했어. 할 만큼 하고 참을 만큼 참고, 돈, 시간, 열정, 사랑 아낌없이 쏟았어. 되돌려준답시고 "한 번 더 보자." 이런 얄팍한 수 쓰지 마. 그거 다 이제 쓰레기야. 버려.

난 간다.
다음 사랑하러.

속마음

받은 상처를 되돌려준답시고
독하게 얘기하며 자리를 털었지만

뒤돌아 선 채 등 뒤로 느끼는
미안함과 침묵의 의미
나도 알지만

서로가 아직 사랑이라는 것을
우린 알지만

어쩔 수 없이.

9부

힘드네요

사
랑

사랑에 빠지긴 쉬웠으나
사랑은 무엇 하나 쉽지 않았다.

힘
드
네
요

거듭하면 익숙해진다는데
이별이란 건 도무지
그렇게 되질 않네요.

다른 사람이고 사랑이라
매번 다르게 느낀 것처럼
이별도 같은 이치인가요.

거듭할수록 더 힘들어지는 것이
나이 때문일까요.

아님 사랑을 믿을 힘이
줄어감을 느끼기 때문일까요.

힘드네요.
또한 어렵고요.

못

"아버지,
사람이 이별하면 사랑한 만큼만 아파야 하는 것 아닌가요.
저도 꽤 사랑해봐서 알 만큼 아는 것 같은데, 왜 사랑한
것보다 더 아픈지는 모르겠어요."

아버지는 낡은 식탁을 고치다
내 질문에 허리를 잠시 펴셨다.

"아들아, 이것 좀 단단히 잡아라."

탕, 탕

낡은 식탁은 자세를 잡아갔다.
삐걱거리는 소리도 아주 부드럽게 들려왔다.
헌 것은 맞지만 여전히 용도를 다할 수 있어 보였다.

"아들아."

"네?"

"이제 아버지가 못질한 못들을 다 빼낼 수 있겠니?"

"뺄 수야 있겠죠. 하지만……."

"수십 배의 노력이 필요하지."

"네."

"그것과 다를 것 없단다."

"……"

"춥다, 들어가자꾸나."

반
복

설레다가
사랑하다가
편해지다가
익숙하다가
무례해지다
멀어지면서
끝나게 되는

이 반복.

이 반복이 지쳐서
사랑을 포기해.

참
고
살
아

뭐든 억지로 하면 되는 법이 없어.
너를 지우는 일이 내겐 그래.

잊는 것도 안 되고
잊지 못하는 것도 안 돼서

그래서
그냥 살아.
참고 살아.

바
람

사랑은 바람이어서
어느 날은 스쳤다가
어느 날은 맴돌기도 하고

그러다 소식이 없을 때 있고
기다리지 않아도 다시 불거나
갑자기 사라지기도 해서

깊게 마음을 주거나
소원을 빌 수도 없더라.

상
실

상실을 피하기 위해 택한 것은
소유를 피하는 것뿐이었다.

이
별
학 개
　　론

이별에 대해서 잘 알아요?
잘 모를걸요. 내기할까요?

일단 아프죠. 그건 잘 맞췄어요.
그리고 원망하죠. 그것도 맞아요.

그럼 그다음은요? 모르죠?
거 봐요. 모르잖아요.
내가 말해볼까요.

일단 엄청 근사하고 우아하고요.
어떤 계절에든 봄처럼 설레고요.

아빠 냄새. 아니, 아빠 향기처럼 포근하고요.
그러니 어떤 향수를 뿌려도 자알 어울리죠.
안으면 따뜻하고 마음이 채워지고 그래요.
그거 말고도 많죠. 또 뭐가 있더라.

에, 그만 할까요?
화난 것 같은데.

무슨 소리냐고요?
그건 사랑이라고요?

정답.

이별도 사랑이에요.
당신도 추억하며 살잖아요.
바보처럼.

선

딱 들어맞으면 인연이란 선이 되지.
그 기쁨은 이루 말할 수 없어.
반대로 언젠가 어긋나게 되면 그와 정반대의 상실감이
휘몰아치지.

나는 그 폭풍을 얻어맞는 중이야.
어긋나버린 선은 아직 직진 중이고.

아주 조금 틀어졌을 뿐인데
이거 왜 이리 멀고 또 아득해진 건지.

술과 불행에 취해 어질한데
오히려 너는 왜 더 또렷한 건지.

짜증나게.
보고 싶게.

제목

정말 사랑해서
꾹꾹 힘주어 새긴 사람인데
자연히 시간이 문지르니
가차 없이 지워졌다.

억울한 마음에
머리부터 발끝까지
다시 그려내니
얼추 비슷하기에
작게 기뻐했건만.

도무지 얼굴은
몇 번을 그려도
흐릿하기만 하다.

나는
오래 그것을 놓고 고심하다

사람 아닌 사랑이라는
곱상한 제목을 붙여놓았다.

목화꽃 하나 바치고선
미안하단 말 대신
목을 젖혀 울었다.

10부

그냥

그냥

그냥
생각이 좀 나서요.
좀 그리워서요.

그리고
아직 사랑해서요.

밤
새
도
록

오지 않을 당신과
가시지 않는 추억 때문에

발만 동동 구르며
매일 그 사이를

밤이 새도록
헤매고 있습니다.

안부

당신이 그랬죠, 자주 걸어보라고.
집 밖의 날씨가 어떻든 간에 자주 걸어보라고.
햇빛을 보아야 기분도 나아지고, 비타민D인가
그것도 합성된다고.
그래서 요샌 자주 걷는 편이에요.
잘하고 있죠, 나.

일부러 구두를 신었어요. 당신이 알았다면 혼을 냈겠죠.
예쁜 것도 좋지만 발목과 무릎부터 허리에까지
좋을 게 하나 없다고 말이죠.
특히 오늘처럼 오래 걸을 땐 더 안 좋다고.

그래도요, 구두가 좋아요.
구두를 신은 날 당신이 해 주는 잔소리가 아주
따뜻했으니까요.
내가 걱정돼서 한 고운 말이잖아요. 그래서 오늘도 구두,
신었어요.

또 듣고 싶다. 그 잔소리.

여기저기 꽁꽁 싸매고 나왔지만 그래도 드러난 틈과
부분들이 시리네요.
주머니에 넣은 손과 소매 사이, 목과 귀 뒤. 그런 곳들요.
촘촘히 실로 엮인 바지 사이로도 한기는 스며요.
아무리 따뜻하게 입어도 이렇네요.

후우- 춥다.
작년에도 이리 추웠나요. 아닌 것 같은데.
기분 탓인가. 아님 당신이 없는 탓인가.

잘 살고 있겠죠?
잘 살고 있으니 연락 한번 없겠죠. 번호도 그대로인데.
그래도 괜찮아요. 서운한 거 아니에요.
원망하지도 않고요.
그냥 생각이 많이 나서요. 좀 그리워서요.

그리고
아직 사랑해서요.

때

많이 그리워해도
그만큼 반대로 희미해지니

이제는
보내야 할 때.

당
신
이

당신이 제 습관입니다
사는 변명이기도 하고요.

자주 보고 싶고
가끔 밉습니다.

그리고
오래도록 절절합니다.

가을

쓸쓸한 것만은 아닙니다.

어슴푸레 그립던 이들도 불어오고
지난 계절 내내 매달렸던 추억이
한 움큼 떨어져 바스락대고

그러다보니 운치가 어느 정도 있고
고개를 젖히면 무심하게 맑은 하늘이라
그리 쓸쓸하지만은 않습니다.

더불어 당신이
드문드문 나를 그리워할 것이란
고운 생각이 들었으니까요.

하여 이 계절이
저에겐 쓸쓸하기는커녕
아주 기다리던 소식입니다.

당신도 아주
그러하길 빕니다.

독
백

사랑이었어요.
그게 다예요.

더 할 말은 없어요.

잘
가
요

왜 그랬을까요, 바보처럼.

이리 훌훌 털어버릴 수 있었던 것을 말이에요.
열병처럼 당신을 앓을 땐 세상 죽겠구나 싶었는데
죽진 않고
되려 살고 싶단 생각이 번쩍 들더라고요.

그런 순간에 깨끗이 낫게 되고,
그제서야 아프고 지쳐 스치기만 한
소중한 것들이 제대로 마음에 들어오더라고요.

바람이 좋아요. 당신이 있었을 때에도, 없는 지금도
여전히 좋아요.
원래 좋았던 건데 새삼 다시 느끼게 되네요.

사랑에 눈이 멀어 이런 기분과 일들을 잊고 지냈어요.
당신 없이도 나는 잘 살고 있었다는 것을.

어떤 의미로는 짐 같은 당신이어서 하늘을 나는 기분을
잃고 살았네요.

사랑하던 사람아.
이 바람 따라 이젠 가세요.
가도 돼요. 남긴 것들도 태워 가세요.

바람 따라, 잘 가요.

사
랑
은

열렬히 사모하는 것.

그리고

길고 긴 여운으로 남는 것.

풋사랑

스치는 볼 위의 바람 같던
아주 가볍고도 잠깐이었던 사람.

긴긴 시간이 흐르고도
여운이 그리도 오래 남던 사람.

11부

하루들이

나아간다

나아간다. 나아갈 수 있다. 나아진다.
주문처럼 외우며 두 발에 힘을 준다.

지나온 것들에게서 교훈을 얻고
다가올 것들에게 방향을 묻는다.

고개를 끄덕이며 일어선다.
쉬었던 자리에 추억을 놓고.

나아간다. 나아갈 수 있다. 나아진다.

성공이나 실패에 연연치 않고
꽃내음도 맡고 바람도 느끼며
원하는 곳으로. 오늘도 한발 더.

그것만으로도

죽지 않았다면
살아가든 살아지든 뭐든
버텨내고 있다는 것이고.

그것은 벅차든 어떻든
세상과 비등하게
비벼보고 있다는 뜻이고.

네 삶은 그것만으로도
가치가 있다는 생각이 들고.
대단하다는 생각이 들고.

형

성공해라, 일단.
남 기준의 성공 말고, 네 기준에서.

당연히 꿈도 이뤄야지.
허황된 것도 괜찮으니 꾸준하면 돼.

돈 많이 벌어.
부자가 되란 소린 아니지만
가난해도 괜찮다는 생각은 하지 마.
그거 게으름이니까.

공부해.
진짜 공부 좀 해. 책이 아니라도
사람과 세상 속에서 배우고 외워. 전부 선생이다.

효도도 해.
부모님은 널 낳고 길러주신 분이잖냐.

그러니 시답잖은 이유로 원망하지 마라.
매 순간 네게 최선을 다하신 분들이니까.

제대로 사랑해.
어물쩍대지 말고 꽉꽉 사랑해.
여자가 망설이거든 네가 달려가.

그리고
남자가 하늘이고 여자가 땅이니
이딴 헛소리 제발 하지 말고.

그 말이 맞대도
하늘답게 땅을 잘 가꿔주든가.
마르지 않게.

거짓말은 절대 하지 마.
그건 더럽고 비겁한 거야.

차라리 잘못 앞에서 당당해져.
책임을 지고 용서를 구해. 용기 있게.

대범해져라. 모든 일에.
남자라서 좋은 거 이런 거잖아.
나쁜 건 대충 넘겨버리고, 좋은 건 대충 즐기고.
꼼꼼하지 않은 게 얼마나 다행이야.

쉽게 화내지 말고.
전부 손해될 일이니까.
그리고 원래 쥐뿔도 없는 놈이
센 척하고 욱하고 싸움질하는 거야.
범이 방정맞고 신경질 내는 거 봤나.
느긋하고 묵직하지.

마지막으로
적일 땐 가장 두렵고 무서운,

아군일 땐 가장 든든하고 사랑받는
그런 남자가 돼라.

누구도 너를 등질 수 없도록.
누구나 너와 함께하고 싶도록.

사람 냄새 풀풀 나는
좋은 남자가 돼라.

진짜 남자가 돼라, 인마.

자
세

신중하게
과감하게
망설이지 않고.

강하고 부드럽게
묵묵하고 잔잔하게.

강단 있게
지조 있게
교양과 품위를 안고.

오
늘
도

신사처럼 걷는다, 뒷짐을 지고.
아스팔트 위로 생각들 흩트려놓고
걸음으로 유영하며 걷는다.

왼발에 어제, 오른발에 오늘.
걸음에 미래를 달고
느린 박자로 걷는다.

콕콕 쑤시는 주위의 잔소리와
날숨에 섞인 마음의 걱정 담아
한 호흡에 한 발.

낯선 이들의 시선과
조아리는 나의 고개를 엮어
끄덕이며 또 한 발.

막을 수 없던 일들과

거부할 수 없던 사람들을
추억하며 내딛는 큰 한 발.

건전지가 다 된 내 방의
십 년 넘은 자명종처럼
시간은 더디게 두고

천천히 걷는다.
느리게 걷는다.

오늘도.

착한 사람

착해서 그런 거에요.
바보여서가 아니라.

당신 같은 사람
참 많았으면 좋겠다.

천사

남 좋은 일 다 해주고
아쉬운 소리 한번 못하고
멍청하다 싶을 만큼 착하니
줄곧 슬퍼왔던 게지.

버는 족족 내어주건만
반의반도 안 돌아와.
네가 베푼 것들은 소식 없어
계속 빈털터리야. 그치.

필요하면 이용하고
이용당하는 것이
사람이고 세상인데

그런 간단한 이치도 모른 채
남들 휘두르는 대로 끌려다니니
숨도 턱턱 막히고, 다 알아.

세상과 안 어울려. 섞이질 못해.
쓰레기 같은 이곳과
사람들 사이에선 못 산다고.

이유는 간단해.
너는 천사니까.

풀 죽은 고개 뒤로
날개가 돋는 걸
난 봤으니까.

언
니

잘 잤어?

눈이 많이 부었네. 어떤 생각으로 밤을 보냈던 거야.
괜찮아? 나도 옆에 누울게. 아직 안 일어나도 돼.
조금 더 쉬자.
한번 안아보자, 우리 동생. 되게 편하다, 그치.

쉬- 쉬-
울먹이지 말구. 언니 마음이 아프잖아.
굳이 말하려 애쓰지 않아도 돼. 괜찮아, 괜찮아.
어떤 것들이 너를 아프게 했는지는 몰라도, 정말 괜찮아.
그것들은 수명이 짧아. 네가 붙잡고 슬퍼하지만 않는다면
어딘가로 뿔뿔이 흩어질 거야. 정말이야. 너도 잘 알고
있잖아.

마음을 잔잔히 하고 편히 있어 보자.
천천히 숨을 고르고, 예쁜 생각도 해보자.

뭐든 좋으니 밝고 따뜻한 곳과 것들로.

창문을 살짝 열어뒀거든, 아까.
봄 향기 같은 거 난다. 풀냄새, 너도 느껴지지.
방 안도 제법 따스해. 곧 봄이 올 건가 봐.

다신 봄 같은 건 없을 정도로 매서웠는데
기다리지도 않았는데 또 왔어.
곧 꽃이 피고 생명들이 태어나겠지.
겨울 같은 건 원래 없었던 것처럼.

사랑하는 동생아.
언니가 살아보니까 그렇더라.

사계절이 바뀌듯
사람도 세상도 얼굴을 바꿔가며
때로는 날 울리고 괴롭히다가도

친절하고 따스하기도 하더라.

그런데 동생아.
언니가 더 살아보니까 그렇더라.

언젠가 어느 날인가
기억은 잘 나지 않지만
겨울 없는 봄 같은 삶이
찾아오는 순간이 있더라.

그 계절을 만나면
나는 시들지 않는 꽃이 되더라.

사랑하는 내 동생.
너도 곧 만나게 될 거야.
너만의 봄을.

그러지 마세요

기죽지 마세요.
누군가의 보물인 당신아.

쓰러져도 포기하진 마세요.
누군가의 버팀목인 당신아.

스스로를 미워하지 마세요.
누군가가 아끼는 당신아.

울지 마세요.
내가 사랑하는 당신아.

하루들이

애쓰고 버티었던 하루들이
당신을 꽃피울 수 있는
비옥한 땅이 되기를.

지치고 힘든 하루들이
언젠가 행복할 미래에
무용담이 되기를.

12부

가만히 누워

짐
작

목적 없이 바빴던 이유는
그 바쁨으로 무언가를
지우려 했기 때문일 테다.

자꾸만 어디든 가고자 했던 이유는
마땅히 머물 곳 없음을 깨닫곤
처량하기 싫었기 때문일 테다.

누구든 만나고자 했던 이유는
누구로도 채워지지 않을 허전함을
애써 만회하고 싶었기 때문일 테다.

인
생

어쩌다 보니 멀어졌고
살다 보니 나이를 먹었고
되돌아보니 아쉬운 한 바퀴.

그럼에도
매 순간이 반짝이던
아련한 한 바퀴.

가만히 누워

가만히 누워 생각한다.
돌아갈 수 없는 어떤 날로 거슬러 오른다.

기억나는 것부터 하나하나 스케치한다.
좋고 나빴던 모든 것들을, 아주 정성스럽게.

계절로 채색하고 소리를 입힌다.
보고픈 사람들을 집어 한 명씩 넣는다.
그리고 내가 들어간다.

주위를 둘러본다.
변하거나 사라졌던 곳이 되살아난다.
볼 수 없던 사람들을 본다.

행복감에 젖는다.
생생하게 떠들고 뛰어다닌다.
시절과 똑같은 나로, 자유롭게.

시간이 흐른다.
기억도 따라 흐른다.
그러다 생각의 끝이 보이는 순간,
살려냈던 곳들과 사람들이 흩어진다.

엔딩 크레딧이 내려온다.
지금의 나로 돌아온다.

이유 없는 눈물이 흐른다.
세월을 미워한다.
아쉬워한다.

먹먹한 마음으로
이불을 안는다.

그런 반짝이던 날들이
매일 밤 살아나고 죽는다.

나는 그런 날들이 더해진 것이,
되새김질하는 밤들이 반복되는 것이
인생임을 깨달았다.

어쩌면

어쩌면 삶이란 것은 어느 외진 곳,
단칸방 창틀 근처에 어정쩡 걸터앉아

나가지도 들어오지도 못하는 세상
멍청히 쳐다보기만 하며
시름을 노래하는 것일지도.

목이 쉴 때까지.

그래야만 하는 것들

슬프거나 아쉬워도
이유는 달지 못한 채
고개를 끄덕여야만 할 때가 있다.

그것들은 원래
그래야만 하는 것들.

어쩔 수 없이
그래야만 하는 것들.

곱게 둔 채
떠나야만 하는 것들.

운
명

다 알아도
단 한 번도
피할 수 없는 게

운명.

인
연

돌고 돌아 만나는 것.
그리고 다시 돌고 도는 것.

떠나는 날

정든 곳을 떠난다.
슬픔과 아쉬움을 뒤섞어 눈빛에 섞는다.
그 눈빛으로 주위를 쓰다듬는다.

애꿎은 땅을 툭툭 찬다.
그리 길지도 않은 시간이었건만,
정이 들어서인가 쉽게 발은 떼어지지 않는다.
머물렀던 날들아, 추억들아, 안녕.

남겨질 이들과도 작별인사를 한다.
깊은 관계는 아니라 생각하지만
코끝이 찡해지는 걸 보면
마음은 머리와는 또 다른 생각인가.
다시 보잔 말을 주고받고도 씁쓸하다.
지켜지지 못할 말인 것을 알기에 그런 것이겠지.

사는 건 만남과 이별의 반복이다.

어떤 장소와 어떤 사람들과의 맺고 끊음의 연속이다.
이 일련의 반복을 계속한다는 건, 익숙해지지 않는
데자뷔.
어쩔 수 없는 일일까.

시작과 이별의 경계에서 침묵한다.
이어 슬픔과 아쉬움과 고마움을 섞어
그들이 지나칠 곳에 재워둔 뒤
가장 자연스럽고 어른답게 떠난다.

나는 젊은 날의 한 편을
이것으로 또 하나 채운다.

별

인생이 별거 있나 싶어.

어두운 밤 같은 삶에

바라볼 별일 몇 개면

충분한데 뭐.

13부

나에게

어
려
워

정답이 없어. 그래서 어려워.
알려주는 사람도 없어. 그래서 어려워.
방법도 다양해. 그래서 어려워.

어렵고 어려워지니
이제는 두려워.

희망이 없어.

모
르
겠
어

모르겠어.

아니
사실은,

복잡하고 버거워서
생각하고 싶지 않아.

죽
고
싶
어

죽고 싶을 때 참 많아.
죽고 싶단 말 참 많이 해.

죽고 싶은 맘 반, 살고 싶은 맘 반을 섞어서
허공에도 하고, 다른 사람에게도 하고, 나에게도 하고,
SNS에도 하고
죽고 싶은 사람이 죽지는 않고
참 여러 군데 똥 싸듯 말하고 다녀.

사실 나의 죽고 싶다는 말은
'이렇게 살고 싶지 않았는데,
이렇게 힘들게 살 거면 냉큼 죽었으면 좋겠는데.'
라는 뜻을 담은 나만의 말이야.

하소연에 포기를 더하고 투정을 덧대어 만든 말이야.
핏기 없는 얼굴로 삶에게 멱살을 잡힌 자의 비명이야.

후-
정말 꼭 죽고 싶어.

정말 죽고 싶은 게 아니라 가짜로 죽고 싶어.
스러지는 고목처럼 느리고 거대하게 죽고 싶어.
"나 죽는다, 잘 봐라." 하며
내 부재를 톡톡히 느끼게 해주고 싶어.

후-
또한 나는 살고 싶어.

그냥 살고 싶은 게 아니라 제대로 살고 싶어.
술술 풀리는 인생에 의자 하나 올려놓고
언제 한번이라도 휘파람 불며 살고 싶어.
남들 다 있는 왕년, 나도 한번 갖고 싶어.

어차피 이루어질 리 없는 일이겠지.

그러니 조용히 숨만 쉬며 살 수밖에.

다만 살다가 우연히
죽을 기회가 찾아오면

내 아픔을
몰라준 사람들이
크게 후회하도록

아주 요란하고
오래 죽어주마.

모른 척해줘요

약하지만 쓰러지면 안 되니
억지로 버티는 거예요.

착하지만 이용당하기 싫어
나쁜 척 인상을 구기는 거예요.

화가 나지만 지켜야 할 것들이 있어
억지로 입 꼬리를 올리는 거예요.

그러니 혹시라도 애쓰는 티가 나거나
감춘 상처가 드러나더라도

그냥 지나쳐주세요.
모른 척해주세요.

부탁해요.

먼
지

이게 사는 건지.

살아내는 건지.

그냥 살아지는 건지.

핑
계

세상이 잘못된 이유로
내가 이리 험하게 사는 줄 알았건만

정작 세상은
나를 가만히 안아주고 있었을 뿐
아무것도 요구하지 않았다.

그럴싸한 핑계를 찾고 있었나.
내가 망가진 데에 대한.

견디내기 때문에

그 힘들다고 소문난 하루란 녀석을
이렇게 잘 버터내다니.

그 크고 가차 없는 세상이란 놈과
매일 싸워나가다니.

당신 정말
대단한 사람이에요.

잊지 마요.

나
에
게

살아야 한다.
뭐가 됐든 삶은 나아감이니까.

속도도 방향도 상관없다.
헤매는 것도 괜찮다.
그것이 정체만 아니면 된다.
죽음이라는 무위(無爲)만 아니면 된다.
자신만의 템포로 전진하기만 하면 된다.

다른 이들이 쓰러지든 말든
내가 상관하거나 영향 받을 일이 아니다.
나 또한 쓰러질 핑계가 될 일도 아니다.

살아내야 한다.
죽을 만큼 힘들어도 일단
죽지 않고 살아내야 한다.

살아야 꽃밭을 걷든 똥통을 구르든
뭐라도 해볼 수 있을 테니.

살아야 한다.
살고 봐야 한다.

동시에 나아가야 한다.
천천히, 뚝심 있게.

시
간

이렇게도 저렇게도 안 되면
시간에게 떠넘겨 버려.
그리고 가던 길 가.

그렇게 살다가
시간에 녹지 않은 것들이
눈앞에 나타나면
그때 해결해도 안 늦어.

그것도 방법이야.
혼자 다 떠안고 힘들지 말라고.

준비

언제고 찾아올 기쁠 날을 위해
항상 만끽할 준비를 해야지.

말로만 행복하자 할 게 아니라
행복할 일을 이뤄내야지.

무심코 지나치기 쉬운 작은 행복에도
무심해지지 말아야지.

14부

어떤 날

술맛

사람이 바닥을 칠 때 입에서 술맛이 나는 것은
흔한 일인가.
무엇에 취하여서 비틀거리는 것은 삶인가 나인가.

풍족함에서 굳이 결핍을 찾아내고 물어뜯어
스스로 역병을 앓고,
희다 생각한 하늘이 검푸르지는 틈을 타
몰래 거꾸러지는데, 혼자였다.

아님 여럿 가운데
외톨이가 된 것일 수도.

터널

울분이 쌓이니
어떤 위로도 도움이 되질 않는다.

길고 긴 생각의 터널에 스스로를 가둬
눈물로 악셀을 밟아대는데

출구를 알릴 빛은
오래 없어 보이고.

부탁해요

힘내라, 할 수 있다, 너는 소중하다, 아름답다, 주절주절.
그 말들은 쓸모없어요. 귀에 안 들어와요.

말로써 해결되는 일은 없잖아요.
안 그래요? 그깟 말들은 힘이 없어요.

돈도 안 들죠. 그러니 쉽게 뱉죠, 사람들은.
그 말들을 쓸 때마다 오만 원씩 내야 한다면 대부분
그 말을 아낄걸요.
웃겨. 의미도 없이 건네는 말.

그걸 아는데도, 듣고 싶어요. 오늘 같은 날.
듣고 싶다고요. 너무 약해져버려서,
빈 깡통 같은 그 말이라도 붙잡고 일어서 보고 싶다고요.
쓰러진 자리가 아파서.

그러니까, 필요해요. 그 쓸모없는 말.

오늘처럼 많이 힘든 저녁에, 이 밤에.

힘내라고 해줘요. 할 수 있다고 해줘요.
내가 소중하다고 해줘요. 아름답다고 해줘요.

쓸모없지만 꼭 필요한 말, 해주세요.
아무나, 무심하게라도.

오늘 밤만이라도 버틸 수 있게.
부탁해요.

생명 없는 것

인상을 구기면
인생도 구겨질까 봐
힘들어도 웃어야 했고.

나보다 네가 더 힘들단 말에
내 힘듦은 고백하려다 말았고.

이제는 속이 다 타버려
긍정이나 희망 그런 것도
재가 되어버렸고.

살아있는 주제에
생명 없는 그런 것들과
비슷해져 갔고.

사는 건

죽는 건 얼마나 어려운가.
어디 누울 좋은 터 하나 알아보아야 하고
유속 빠른 깊은 강 찾아야 하고

부모님께 불효스러운 유서 한 장도 써야 하고
지리멸렬한 일생 되짚으며 골치 썩고
이루지 못한 사랑 한탄하며 오열해야 하지 않는가.

반면에 사는 건 얼마나 쉬운가.
벌레처럼 밟히고 찢기는 하루 쳇바퀴나 돌고
부서진 마음이나 주섬주섬 주워
터덜터덜 집으로 돌아오기만 하면 되는 일 아니던가.

수틀리면 등 돌릴 사람들에게 비위나 맞추며
이뤄지지도 않을 꿈이나 바라보며
거짓스러운 희망의 위로나 듣고 살면 되지 않던가.

취하고 또 취해서 몸이나 썩고 썩어가거나
쪽팔림을 무릅쓰고 손이나 벌리며 살면 되지 않던가.

삼시 세끼 걱정이나 하며 구멍 난 것 같은
주머니 먼지나 삼키며
죽어라 노력해도 내 돈으론 살 수 없는
방 한 칸 부러워하며
지는 노을이나 원망하면 되지 않던가.

굳이

굳이 빛나러 들지 마요.

빛나는 것들만 소중한 건 아니니까.

평범하지만 특별한 당신.

울
어

울어도 돼.

그게 뭐가 문제야.

싹

피곤에 찌들어 일어나겠지. 해도 아직 일어나지 않은 시간에. 뚜두둑 관절은 소릴 지르겠지. 찌푸린 채로 자명종 알람을 누르겠지. 덜 깬 눈으로 화장실로 가겠지. 칫솔에 치약을 짜 거울 앞에 서서 눈을 감고 벅벅 긁어내겠지. 퉤- 한 번 뱉고 시계를 다시 보겠지. 지금의 오 분을 오후의 한 시간과 바꿀 수도 있겠단 생각을 하겠지.

세수를 하다 거울을 보겠지. 어제보다 부쩍 늙은 얼굴을 마주하겠지. 어디 만족한 적이 있었던가, 아니 없었지. 멀쩡한 얼굴에서 부족함을 찾아내는 것도 재능일까. 다시 세면대에 얼굴을 처박겠지. 얼굴을 씻어내며 생각도 씻기길 바라겠지. 머리를 감으며 어제 일 또한 하수구로 흘러 들어가길 바라지. 기분이라도 상쾌하게 만들고 싶으니.

지겨운 옷을 걸쳐 입고 나서겠지. 입고 싶은 옷을 입고 싶다 생각하겠지. 꾸미지 않은 네 모습으로 살고 싶은 것처럼. 그 생각으로 한숨을 쉬겠지. 오늘 있을 거북한 일상을 상상하겠지. 벌써 마음이 동이 나겠지. 어제 있었던 일들을 떠올리며.

지옥철에 억지로 끼여 타겠지. 늦으면 실수한 사람이 아니라 잘못한 사람이 되겠지. 타지 못하면 낙오자처럼 정거장에 덩그러니 남겠지. 세상은 아랑곳 않고 달리겠지. 그러니 이를 악 물고 억지로 몸을 구겨 넣겠지. 바글바글한 세상에, 전철에.

다 나열하기도 벅찬 오전을 보내겠지. 달랑거리는 밥줄을 겨우 붙잡고 버텼겠지. 점심이 되어서야 숨을 고르겠지. 맛있는 점심이라도 먹어야 힘이 날 텐데, 점심값조차 목구멍을 막겠지. 기가 죽어 하늘을 올려다보기 어렵지. 하늘과 땅 차이. 행복과 내 삶의 거리처럼 느껴질 게 뻔해서.

힘없는 낙엽처럼 구르며 무기력한 오후를 보내겠지. 밟히고 바래겠지. 일터 밖으로 나와야 겨우 사람이 된 듯한 느낌을 받겠지. 출근길보다 다소 가벼운 발걸음으로 집으로 향하겠지. 행복이 넘치는 남들의 SNS를 훔쳐보겠지. 그들과 나의 삶을 비교해보겠지. 이름 없는 감정에 휘말리겠지. 사람들을 제치고 집으로 가겠지. 그들에게 치인 하루라서.

반길 사람 없는 집 문을 열겠지. 다시 세수를 하고 거울을 바라보겠지.
아침과 같은 기분이 되겠지. 무거워진 마음과 몸을 정리하지 못하고 주저앉겠지.
바닥에 앉아 멍하니 시선을 버리지. 그러다 눈에 들어온 버려진 화분 하나.

그 버려진 화분 하나에 싹.
캄캄한 곳에서도 머리를 들이민 싹.

죽은 것이라 여겨 버려둔 화분에 핀 싹.

아들아, 딸아. 그 싹이 네게도 있다.
희망 없는 곳에도 희망이 필 때가 온다.

행복이 올 때가 반드시 있다.

어
떤
날

그 어떤 날에
그 어떤 하루에
매몰차게 떠났던 행복이
돌아올 것이므로.

너는 꾸준히
살아가기만 하면 된다.

결
말

한치 앞도 모르는 인생이니
살아볼 만한 것이지 않을까.

기대되잖아. 열린 결말.

맺는말

이 일기들을 쓰는 동안 많은 일들이 있었습니다.

당신과 같은 사계(四季)를 보내며 행복해하기도, 슬퍼하기도 했고,
성공과 실패를 번갈아 만났으며, 좌절하기도, 극복하기도 했습니다.

당신도 그러하셨으리라 생각합니다.

힘든 일이 있으시거나, 저를 더 만나고픈 분이 계시다면
제 SNS로 연락주세요. 시간 내어 답장해드리겠습니다.

더불어 저와 만날 공간과 기회들을 만들고 있으니,
그럴 기회들을 접하신다면 꼭 저를 만나러 와주세요.

언제 또 책으로 만나 뵐 수 있을지 모르겠습니다만,
그때까지 꼭 안녕하셨으면 좋겠습니다.

감사한 분들 ───
박성규, 이수현, 제갈선빈, 박소윤, 제갈봉, 박재규, 박혜지, 박영숙, 박태석, 박훈석.
정말 많은 도움을 주신 배우이자 감독 한상진 선배님.
그리고 이 책을 하늘에서 읽어주실 아버님께 감사와 사랑을 전합니다.